시시—
콜콜

시시콜콜
허허당 스님이 몸과 마음의 통증에서 길어 올린 투명한 아포리즘 131

초판 1쇄 인쇄 2019년 4월 5일 ＼**초판 1쇄 발행** 2019년 4월 10일
지은이 허허당 ＼**펴낸이** 이영선 ＼**편집 이사** 강영선 김선정 ＼**주간** 김문정
편집장 임경훈 ＼**편집** 김종훈 이현정 ＼**디자인** 김회량 정경아
독자본부 김일신 김진규 김연수 정혜영 박정래 손미경 김동욱

펴낸곳 서해문집 ＼**출판등록** 1989년 3월 16일(제406-2005-000047호)
주소 경기도 파주시 광인사길 217(파주출판도시) ＼**전화** (031)955-7470 ＼**팩스** (031)955-7469
홈페이지 www.booksea.co.kr ＼**이메일** shmj21@hanmail.net

ISBN 978-89-7483-981-9 03810
값 15,000원

이 도서의 국립중앙도서관 출판예정도서목록(CIP)은 서지정보유통지원시스템 홈페이지(http://seoji.nl.go.kr)와
국가자료공동목록시스템(http://www.nl.go.kr/kolisnet)에서 이용하실 수 있습니다.(CIP제어번호: CIP2019008642)

시시
—
콜
콜

허허당 스님이
몸과 마음의
통증에서
길어 올린

투명한
아포리즘
131

서해문집

나에게 여행은 수행의 한 방법이기도 하지만 창작 활동의 원동력이기도 하다. 젊은 날에는 아무리 힘들어도 가능한 먼 곳으로—남미 최남단 우수아이야, 브라질 살바도르, 아마존, 그리스 크레타섬, 인도, 유럽, 아프리카, 남아프리카 땅끝마을 케이프포인트, 남극, 북극 등—떠나 창작 의욕을 불살랐고 나이가 들면 좀 가까운 곳에서 편안하게 창작 활동을 하려 했다. 몇 해 전 일본을 갔다. 일본의 아기자기한 도시 풍경과 오목조목한 시골 풍경이 도저히 성이 안 차 노르

웨이 최북단 노르카프와 핀란드 눈의 고장 사리셀카를 다녀
왔고 얼마 전 가까운 동남아를 갔다 이 또한 성이 안 차 시베
리아 횡단열차를 탔다. 창작 활동은 무엇이든 성이 안 차면
다른 것을 못한다. 직성이 풀려야 할 수 있다. 광활한 시베리
아 벌판은 직성 풀기에 딱 좋은 곳이다. 어찌 보면 붓다의 6
년 고행도 직성을 풀기 위한 것이며 깨달음 또한 직성이 풀
려야 오는 것이리라. 눈 내리는 시베리아의 밤, 직성이 풀린
듯이 고요하다.

노르카프 가는 길
52×67

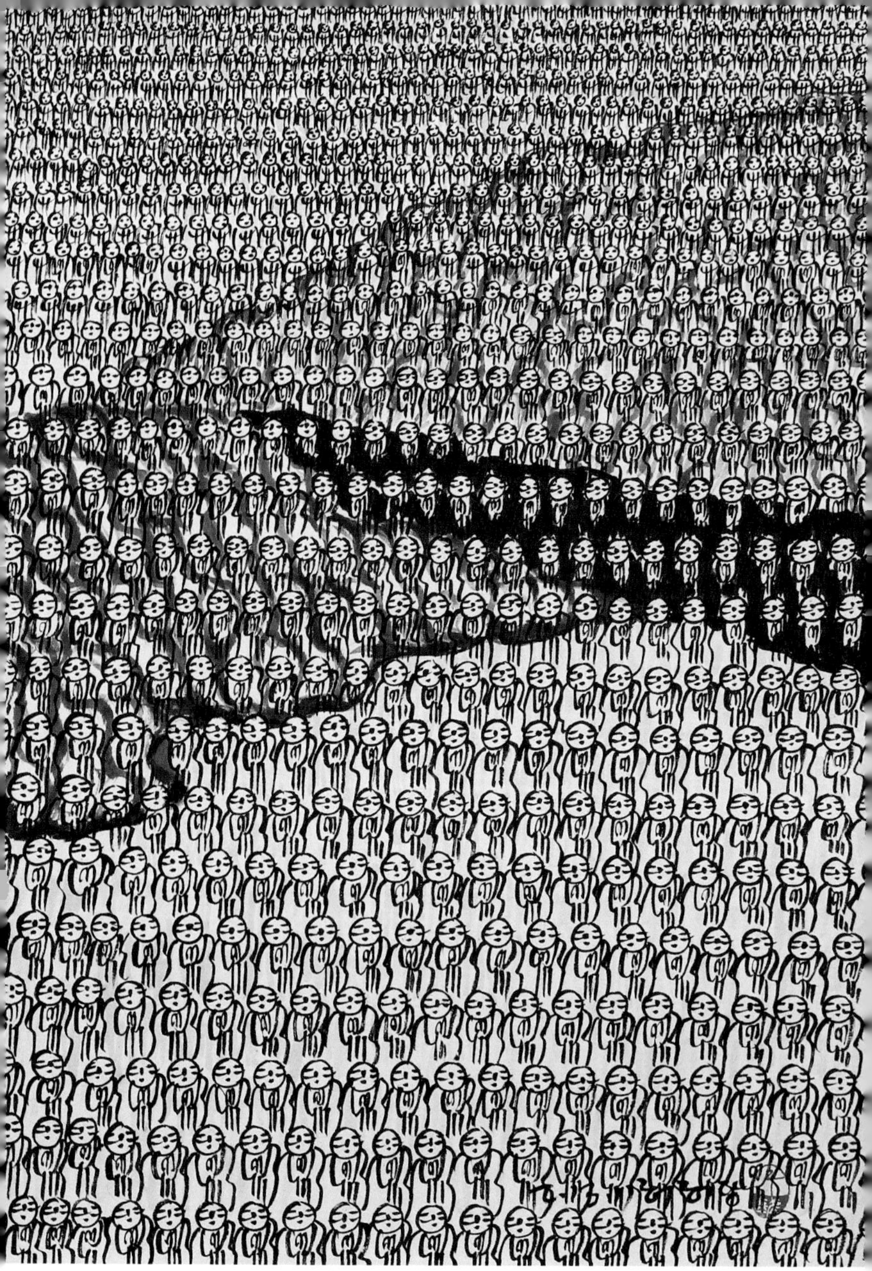

차례

들어가며 • 4

안녕, 시베리아 • 10

　　　나의 작은 무덤, 휴유암 • 46

밥 한 끼 낭만 두 끼 • 100

산다는 게 참 시시콜콜하다 • 140

그리고 그런다, 소멸의 아름다움 • 188

아득히 휘어진 철길

먼발치로 까마득히 돌아눕는 그 끝에

알 수 없는 무수한 그리움이

빗발친다

안
녕
,

시
베
리
아

사막, 벌판, 황무지는 내 영혼의 텃밭이다. 사막에 서면 온 세상을 껴안는 힘이 생기고, 벌판에 서면 온갖 생명을 사랑하는 힘이 생긴다. 그리고 황무지에 서면 무한한 자비심이 샘솟는다. 겨울 산 겨울나무는 슬프게도 아름답다. 빈 나뭇가지가 바람에 흔들리면 내 안의 모든 것이 눈물이 된다.

13

순례자
51×70

겨울이 오니 자꾸만 시베리아란 단어가 뇌
리 속을 맴돈다. 그런가 하면 요즘처럼 이
단어가 매력적으로 느껴지긴 처음이다.
'시'하면 모든 것이 첫 느낌으로 다가오고
'베'하면 나도 모르게 배시시 웃게 되고 '리'
하면 일체만물이 이치대로 통연명백하고
'아'하면 찰나가 소스라치게 놀라 오감에
닿는 모든 것이 새롭고 새롭다. 시베리아!
거 참, 희한하다.

시베리아 횡단열차는 단순히 목적지를 향해 가는 것이 아니다. 시간을 흔들고 세월을 흔들며 우리네 삶과 인생도 흔들리며 사는 것이라고 말한다. 지금 시베리아 횡단열차는 블라디보스토크에서 출발하여 스파스크달니 – 레소자보츠크 – 달네레첸스크 – 하바프스크 – 스미도비치-비로비잔을 지나 오블루치예를 향해 달리고 있다. 산은 벌판을 휘어 안고 벌판은 산을 깊게 보듬으며 힘찬 기적을 내뿜는다.

시베리아의 밤이 깊고 깊다. 무심히 달리는 횡단열차는 기적도 없이 적멸의 밤을 깨우고 쿰쿰한 나그네들의 발 냄새는 반야심경을 단번에 해독한다. 불구부정, 깨끗한 것도 더러운 것도 없다. 덜컹거리는 창문틀은 금강경을 해독한다. 범소유상 개시허망 약견제상비상 즉견여래, 무릇 있는 바모든 것은 허망하노니 만약 그대가 상이 상 아닌 줄 알면 곧부처를 본 것이다. 횡단열차는 무심히 달리지만 세상 그 어떤 경전보다 실참법을 설한다.

탄식
25×35

모두 누워 잠들어 있는데 혼자 앉아 참선을 한다. 객실을 점검하러 왔다 갔다 하던 여승무원이 처음에는 힐끗 쳐다보다 두 시간 정도 꼼짝 않고 있으니 내가 앉아 자는가 싶어 어깨를 살짝 흔들어 본다. 그래도 가만 있자 손을 눈앞에 대고 좌우로 몇 번 흔들어 보다 그래도 가만있으니 귀에다 대고 꽥 소리친다. 아따, 그놈의 가시나. 러시아어 발음이 얼마나 날카로운지 무슨 말인지 모르는 내게는 가시에 긁히는 것처럼 들려 나도 모르게 내뱉은 말, 가시나야! 참선 몰라 참선, 앉으면 우주가 코끝에 걸리는.

상쾌한 아침이다. 밤새 달린 횡단열차가 잠시 멈춰서 바퀴에 달라붙은 얼음을 깬다. 철커덩 철커덩 모스크바에서 오는 횡단열차와 블라디보스토크에서 가는 횡단열차가 서로 마주보고 지나칠 때에는 눈 덮인 시베리아 벌판이 벌떡 일어난다. 시베리아는 시간도 세월도 없다. 오직 달리고 달리는 횡단열차만 있을 뿐이다. 이제 007CK 횡단열차는 중국 대륙을 감싸고 돌다 몽골 대륙을 껴안고 돈다. 네르친스크를 지나 치타 방향으로 시베리아는 끝에서 끝을 보여주는 끝판 왕이다. 중국과 몽골, 러시아의 국경 끝에서 횡단열차의 몸이 엿가락처럼 휘어진다.

하루 네다섯 시간 흔들리는 열차 안에서 하는 참선.
혼자 하지만 혼자 하는 게 아니다. 흔들흔들~ 들판
이 따라 하고 숲과 나무 스쳐지나가는 모든 것들이
따라 한다. 참선하는 자는 모름지기 흔들 삼매에 들
어야 참 생명의 자유, 참 선정의 맛을 보았다 하리.
흔들리며 깨어 있는 참 생명의 자유, 이보다 멋진
삼매가 어디 있으랴! 모든 것은 흔들어 깨운다. 칠
성사이다도 흔들어야 제 맛이다.

시베리아 횡단열차는 정말 참선하기 좋은 곳이다. 열차가 삐거덕 삐거덕 흔들리면서 달리니 웬만해선 혼침에 빠지지 않고 정신이 말똥말똥해진다. 가만히 앉아 살짝살짝 흔들리는 흔들림을 타고 고요히 숨을 몰아쉬면 피가 어떻게 도는지 눈으로 보인다. 횡단열차 흔들림의 미학은 선정삼매의 열쇠다. 장차 부산발 횡단열차 선원을 개원하여 운수납자들의 개안을 독려하리라.

아리랑
35×24

점점 갈수록 하얀 세상이다. 어디서 와서 어디로 가는지 모였다 흩어지는 사람, 사람들. 누구 하나 뒤돌아보는 이 없다. 벌판의 바람이 무심히 불듯이 모두 제 갈 길을 묵묵히 간다. 얼어붙은 창문에 그림을 그리고 007CK 횡단열차 16호 객실 나그네들과 전시를 한다. 어떤 사람이 이게 뭐냐고 묻기에 피카소가 죽기 전에 시베리아 횡단열차를 타고 마지막으로 그리고 싶어 하던 그림이라고 했다. 시베리아 횡단열차 3일째 밤, 러시아에서 첫 전시를 연다.

저물녘 시베리아 벌판은 인간이 가진
온갖 욕망의 찌꺼기를 남김없이 쓸
어간다. 마치 잔설이 바람에 휘날리
듯이. 단언컨대 시베리아 횡단열차를
타고도 마음을 비우지 못하는 자는
후생에 시베리아 벌판의 구렁이로 태
어나 횡단열차가 지나가는 소리를 들
으며 밤낮으로 울며 후회하리라.

시베리아는 꽁꽁 얼어 잠자는 땅이
아니라 모든 생명을 품고 서럽게 우
는 땅이다. 어머니의 마음으로 우는
땅이다. 성전엔 부처의 겉옷만 있고
여기 부처의 삶이 있다.

3박 4일 동안 달린 횡단열차가 드디어 바이칼 호수를 지나고 있다. 아름답구나, 바이칼. 바로 이곳에서 이대로 억만 년을 칼바람 맞고 서 있어도 좋겠네. 영원하라, 바이칼. 그대가 품고 있는 온갖 생명들도. 바이칼 호수의 유일한 날숨 앙가라 강가에서 흩날리는 눈발로 세수를 한다.

알혼&앙가라
52×67

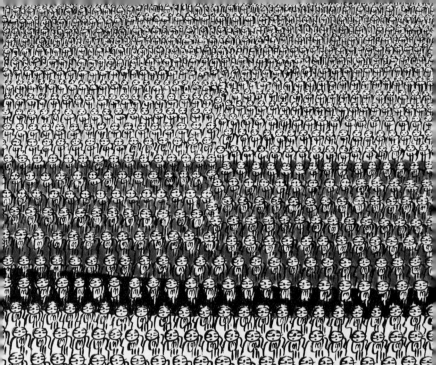

알혼섬에 도착한 시간은 저녁 6시. 바이칼 호수 내에 있는
섬, 알혼섬은 바이칼 호수처럼 길게 뻗어 있다. 이르쿠츠크
에서 출발한 봉고차가 네다섯 시간을 달려온 바이칼 호수.
봉고차를 실은 배가 움직이기 시작하자 칠흑 같은 어둠과 얼
음을 깨고 가는 배가 마치 내 몸 안의 통증을 다 깨부수는 듯
한 통쾌함으로 전해진다. 알혼섬은 겨울에 와야 알혼의 알몸
을 만날 수 있다. 알 베긴 혼, 알혼섬은 섬 전체가 비포장도로
다. 흔들리는 지프를 타고 두세 시간 달리면 목 디스크 환자
는 온몸의 뼈가 흔들렸다 정자세로 돌아오고 어지럼증 환자
는 완전 어지럽다 맨 정신이 된다. 오늘은 모든 것을 흔들어
깨운다는 나의 철학이 유쾌하게 드러나는 좋은 날이다.

알혼의 아침이 밝아 온다. 알혼의 아침은 옛 사람과 지금 사람, 산 자와 죽은 자 모든 혼이 눈 뜨는 시간이다. 내가 본 알혼섬은 메마른 땅도 샤먼의 땅도 아닌 신의 알몸이었다. 유혹, 그런 것 없다. 세상이 어떻게 나를 유혹할 수 있겠느냐. 절망, 그런 것 없다. 세상이 어떻게 나를 절망케 할 수 있겠느냐. 희망, 그런 것 없다. 세상이 어떻게 나를 꿈꾸게 할 수 있겠느냐. 사랑, 그것은 있다. 너를, 세상을 사랑하는 마음. 알혼섬에서 신의 알몸과 하나 된다.

신의 알몸, 알혼섬에서
24×32

알혼의 밤이 깊고 고요하다. 하늘의 별은 더없이 높고, 차가운 별빛은 신의 눈물인 양 메마른 땅을 흔들어 깨운다. 알혼 섬에 한민족의 얼이 닿아 있다는 역사학자들의 넋두리가 참으로 가엽고 안쓰럽기 그지없다. 생명의 근원을 흔적으로 찾으려는 인간의 어리석음이여 인류가 한 뿌리임은 두말할 나위 없는데 무엇 하러 곁뿌리에 혼을 쏟는가. 우주는 하나의 큰 생명 덩어리요, 세계는 하나의 큰 생명의 꽃인 것을.

2박 3일 동안 알혼섬 순례를 마치고 이르쿠츠크로 돌아왔다. 고려인 3세 야니가 러시아에 사는 소수민족 노래자랑대회에 나를 초대했다. 그동안 불법체류자인 나를(러시아는 출입국신고서를 여권과 함께 반드시 지니고 다녀야 한다. 그렇지 않으면 불법체류자로 간주한다) 현지 사람이 아니면 도저히 할 수 없는 가이드를 해준 고마운 이다. 야니는 이르쿠츠크에 도착하기 전 러시아 한국영사관의 소개로 처음 만났을 때 내가 목도리를 하고 있지 않은 것을 기억했는지 목도리를 내민다.

앙가라 강변 러시아인이 운영하는 노래방은 한마디로 수준 높은 문화공간이었다. 테이블마다 각 민족이 빙 둘러앉을 수 있는 좌석에, 그 나라 사람들에게 필요한 음료와 간식이 나왔다. 이렇게 소박한 경연대회에 취재진들의 열띤 취재에 놀랐고, 우리 고려인이 모이기 시작하고서부터 다시 한 번 놀랐다. 한복을 입고 태극기를 들고 나타난 사할린과 타슈켄트(우즈베키스탄)에서 태어난 고려인 2세대와 3, 4세대의 젊은이들. 나는 그들의 노래를 들으며 그들의 눈빛과 몸짓을 바라보며 지금 내 안에 큰 울음보가 터지고 있다는 것을 알아차렸다. 하지만 애써 모른 체한다.

고려인 3세 야니의 노래, '소양강 처녀'. 왜 하필이면 '소양강 처녀'냐고 물었다. 야니는 어릴 때 할머니께서 이 노래를 자주 불러주었고, 이 노래를 부르면 마음이 편안하고, 이 노래를 부르면……, 더 이상 묻지 않았다. 야니의 표정이 다 말해주었다. 최정자 님이 부른 '소양강 처녀'가 야니의 입을 통해 흘러나오자 그 옛날 소양강 처녀들이 곱게 물든 자주치마에 옷고름을 동여 메고 몽땅 다 뛰쳐나오는 듯했다. "해~ 저문 소~ 양~ 강에……" 내 생애 소양강 처녀가 이렇게 큰 감동을 준 일은 없었다.

소양강 처녀 야니
25×35

이르쿠츠크에서 블라디보스토크로 가는 횡단열차의 마지막 밤. 차창 가에 횃불처럼 스쳐가는 가로등과 얼핏 설핏 나타났다 숨었다 하는 벌판의 작은 집들이 나그네의 숨을 가쁘게 한다. 다음 정거장은 하바롭스크. 떠날 준비를 하는 승객들의 발길이 왠지 모르는 저만의 고독과 쓸쓸함으로 분주하다. 덜커덩 덜커덩~ 누가 가든 오든 무심히 달리는 횡단열차는 이 세상 모든 여행객들을 그저 모았다 버렸다 한다. 길게 내뿜는 기적소리는 인생은 본래 고독한 거야, 외로운 거야, 하는 듯하다. 잘 가라. 친구들아! 아득히 휘어진 철길, 먼발치로 까마득히 돌아눕는 그 끝에 알 수 없는 무수한 그리움이 빗발친다.

이제 가고 오며 6박 7일 동안 함께한 횡단 열차와 마지막 작별의 시간. 가장 보편적인 인간의 삶이 요동치는 집시들의 3등 칸에는 누구 하나 잘난 체하는 이 없고, 누구 하나 타인의 삶을 위협하거나 조롱하는 일 없다. 어둠 속을 스쳐 지나는, 높이 솟은 벌판의 나뭇가지에 군데군데 매달린 까치집들이 하룻밤씩만 자고 가라며 손짓한다. 너는 까치집, 나는 횡단열차, 누가 머물고 누가 떠나는가. 시베리아! 가슴에 묻기에도 벅차구나.

비명
27×38

보름 동안 광활한 시베리아 벌판을 깻잎 재우듯이 차곡차곡 가슴 깊이 담았다. 횡단열차의 기적소리와 벌판의 바람소리, 바이칼 호수의 물빛소리, 알혼섬의 생명의 소리 그리고 고려인의 삶의 애환과 수많은 풍경 소리, 온갖 아름다운 비명, 비명들을 가슴 깊이 담았다. 내일 블라디보스토크에 도착하면 두만강이 보이는 곳에 가서 통일 염원을 담은 종이비행기를 날리고 가벼운 마음으로 또 다른 나그네의 길을 가리라. 굿바이 시베리아.

어제는 블라디보스토크의 밤이 식은땀을 흘리다 내 손을 잡아주었다. 아침에 눈을 뜨니 빈 나뭇가지에 앉은 눈송이들이 바람에 흩날렸다. 시베리아를 떠나려 하니 그린란드가 유혹한다. 땅의 유혹은 멀수록 좋다. 시베리아 상공 노르카프의 추억이 구름 위에 걸린다. 블라디보스토크에서 날아오른 대한항공은 중국 상공에서 ㄷ자 형으로 비행하다 인천공항에서 날개를 접었다. 동시에 나의 오감의 날개도, 정직한 몸의 세계가 문을 닫고 가물한 의식세계가 공항 출입문을 빠져나간다.

사막을 누비는 개미들
45×35

시베리아 너를 만나 행복했다. 광활한 너의 품에서 유쾌한 호연지기의 날개를 달고 밤낮없이 무한정 마음껏 날 수 있었어. 너는 말이야! 모든 것을 부처로 만들어버리는 부처 공장이야 정말이지 너를 보고도 부처가 안 된다면 그건 구제불능이야 아마도 그건 인간뿐일 테지 하지만 그건 네 잘못이 아니야 끝없는 인간의 탐욕과 어리석음이지 그래도 넌 이 모든 것을 품고 사니 참으로 큰 부처의 몸을 가졌구나. 나무 대방광불 시베리아.

절망의 끝에서 절망을 보면 희망이 싹튼다. 이번 여행은 순전히 나의 절망적인 몸을 시베리아 벌판의 야수들에게 던져주는 기분으로 출발했다. 30여 년 그림에 미쳐 살다 얻은 목 디스크와 어지럼증을 몇 년간 온갖 방법으로 많은 치료를 받았으나 별 반응이 없어 시베리아 벌판에서 쓰러져 죽더라도 영혼만은 자유롭고 싶었다. 지금도 온전한 몸은 아니지만 시베리아를 만나고 바이칼과 알혼섬을 만나고 횡단열차를 타면서 많이 호전되었다. 아직 약간의 어지럼증과 통증은 남아 있지만 이대로 한국에 돌아가 이 정도의 몸만 계속 유지된다면, 새로운 작품을 시작할 수 있을 것 같다. 고맙다. 시베리아. 그리고 바이칼 알혼섬, 횡단열차여. 부디 돌아가 너의 순수 영혼의 알몸을 그려보마. 그리려 마.

밤비 내린다

비에 젖는 꽃잎들 하얗게 떨어진다

아프지 마라

나의 작은 무덤, 휴유암

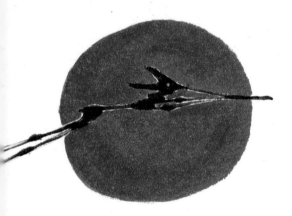

달을 꿰찬 여우
24×35

고요하고 고요하다. 알혼섬의 별빛이 가삿 골에서 반짝인다. 휴유암, 11년째 살고 있는 나의 작은 무덤. 언제나 그랬듯이 들고양이가 반겨준다. 야옹~

귀신이 아니면 이 문을 열지 마라. 휴유암 현관에 붙은 글, 바꿔 말하면 '이 문을 열면 귀신이 된다'다. 오늘부터 휴유암은 금인의 집, 내가 밖으로 나가는 것은 귀신의 몸이지 인간의 몸이 아님을 밝혀 둔다.

고요한 아침이다. 귀에서 나는 이명소리가 사막에서 부는 바람처럼 먼 길 홀로 선 기분을 들게 한다. 시나브로 왔다 갔다 하는 어지럼증도 친구 삼은 지 오래되어 말짱한 아침이 낯설다. 그래, 인생 항로에 매순간 낯설음이 없다면 무슨 재미로 살겠나. 어이차~

계곡에 앉아 무심히 흐르는 물소리를 듣는다. 선선한 바람이 잔물결을 일으키며 바야흐로 가을 분위기를 한껏 퍼트린다. 물에 비친 소나무 그림자 한동안 사람들의 발길로 고단하던 잔돌멩이들을 쓰다듬는다. 긴 다리를 가진 소금장수 잔물결을 건너뛰며 황홀경에 빠진다.

소리삼매, 이명
35×45

석가탄신일, 아무도 없는 휴유암. 개미허리
에 연등을 달고 새의 발목에 천수를 뿌린
다. 나는 새와 기는 짐승 누구누구 할 것 없
이 모두 성불하사이다.

봄을 맞는 개미들
35×28

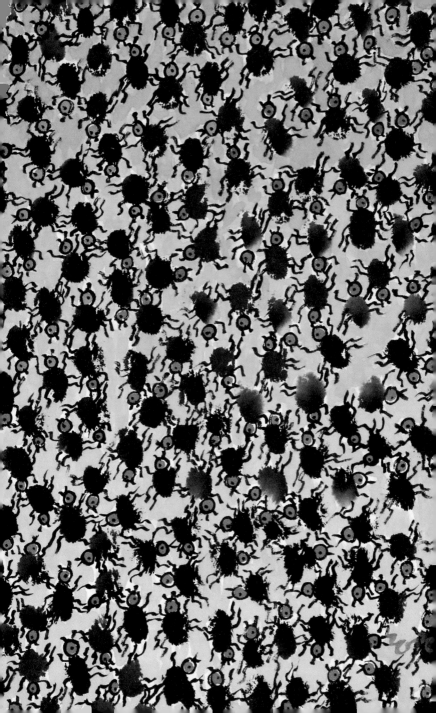

며칠 조용하던 산짐승들이 쿨럭 쿨럭 기침
을 해 내가 먹던 종합감기약을 몇 알 던져
놓았다. 먹을지 안 먹을지 모르지만 아무튼
빨리 나아라.

죽을 만하면 까치가 먹을 것을 물어온다.
한동안 인기척이 없던 휴유암에 강원도로
날아가던 까치들이 오만 원권 지폐를 몇 장
떨구고 갔다. 아직 더 살 운명인가 보다.

순한 산짐승
23×31

추석! 고요하고 고요하다. 작년엔 알밤 구르는 소리가 들리더니 올해는 그 소리마저 없다. 오늘은 산짐승이란 말이 친근한 아침이다. 순한 산짐승이 되고 싶다. 언덕에 올라 붉은 해를 맞는다.

이른 아침 마당에 앉아 햇볕을 쬔다. 바람에 나부끼는 들꽃들 온 세상이 환하다. 뾰족한 바위 끝에 앉은 고추잠자리 날개를 파닥이며 용을 쓴다. 바위 밑 작은 개미들 그림자놀이에 여념이 없다. 산들바람 부는 곳에 저마다 소리 내는 것은 살아있기 때문이리. 신음이 아니길 고통이 아니길.

고추잠자리
35×24

산속의 아침은 푸른 나뭇잎에서 돋아나 새들의 입으로 사방으로 퍼진다. 그다음 흰 나비가 팔랑대며 골고루 퍼트린다. 산중의 아침은 새 소리가 밥이다. 고요히 앉아 명상에 들면 배 절로 부르다. 솔밭에서 부는 바람 새 소리에 치어 몸살을 한다. 가지에 숨은 빛들도 아무도 겁먹지 않고 잘난 체하지 않고 이기려 하지 않는다. 사람이 없는 숲에서는 모든 것이 평온하다.

저물 무렵 한 마리 산새가 알몸으로
난다. 비명 같은 날갯짓에 온갖 삶의
희로애락이 허공에서 부서진다.

겨울새
35×24

하늘문이 닫힌다. 가삿골 하늘문은
나뭇잎이 흔들며 어둠을 짜깁는다.

별이 뜨기 전 하늘문은 무서운 정적
으로 숨통을 조인다.

보랏빛 하늘
28×35

쪽쪽쪽 쪽쪽쪽쪽~ 형체도 이름도 알 수 없는 밤에 우는 새. 쪽쪽쪽 쪽쪽쪽쪽~ 정확히 세 번, 네 번을 틀리지 않고 계속 울기에 쪽쪽쪽, 쪽쪽쪽쪽~ 두 번을 따라하다 마지막 쪽에서 혀를 깨물었다. 오호! 무엇이든 함부로 따라하면 쓴맛을 보는구나.

큐피트
26×27

깊은 밤 문밖에 잠시 비가 스쳐 가고 들고 양이 세 번 울고 산짐승이 두 번 운다. 문안에 모로 누운 나그네 왼발을 치켜들고 엄지 발가락을 세운다. 발끝에 알 수 없는 그리움이 빗물에 젖는다.

밤새 내린 비로 무성했던 은행잎이
다 떨어지고 앙상한 빈 가지만 남았
다. 비움의 계절, 겨울을 맞는 가지들
이 냉철한 수행자의 마음가짐으로 텅
빈 하늘을 노려본다.

시베리아가 생각나는 밤이다. 심하게 불던 초저녁 골바람이 잔잔해지고 이따금 산짐승 울음소리가 계곡을 뒤흔든다. 겨울밤 산짐승의 울음소리는 공연히 사람의 마음을 애타게 한다. 먹다 남은 라면 부스러기와 귤껍질을 창밖으로 던지고 가부좌를 다시 튼다.

푸른빛이 감도는 윤기 나는 사고와 고독의 색이 독수리 눈 같은 사람 쳐다만 봐도 가슴이 철렁 내려앉는 그런 사람 없으려나. 높은 하늘에 홀로 반짝이는 차가운 별빛 같은 사람, 가삿골 찬바람이 무릎을 치고 간다.

방 안 공기가 싸늘하다. 나에게 싸늘함은 인생의 벗과 같다. 수행자의 싸늘한 눈빛, 깨달음의 열망으로 가득 찬 눈빛, 이보다 아름다운 것을 본 적이 없기에 날씨가 싸늘하다는 것조차 매력적이다. 그저 바라보기만 해도 가슴이 뭉클하고 옷깃만 스쳐도 정신이 번쩍 드는 사람, 오직 한 가지 일에 몰입하는 사람, 그런 사람이 그리운 날이다. 오늘 밤 별들은 아주 차갑게 빛났으면 좋겠다.

옛사람
51×70

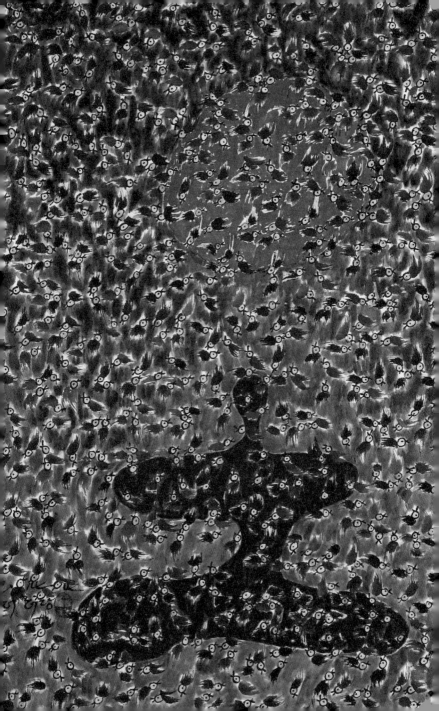

사자후
23×36

골바람 소리가 선사의 사자후처럼 거칠고 날카롭
다. 찬바람이 등뼈를 휘감고 하늘로 솟구치고 온
몸의 세포가 흩어졌다 다시 모인다. 가부좌를 풀
고 라면을 끓인다. 새벽 3시 삼양라면.

선승의 눈
22×35

날씨가 많이 추워졌다. 조만간 계곡의 얼음 깨지는 소리가 골바람과 함께 쩡쩡 울리면 외로운 산짐승이 울부짖듯이 고독의 맛을 실감하리라. 겨울산은 언제나 그랬듯이 내 삶의 모든 것을 깊게 저려놓는다. 깊은 밤 겨울 산중은 추우면서도 포근하고 쓸쓸하면서도 편안하다. 이 맛 이 느낌은 세상 그 무엇과도 비교할 수 없는 겨울 산중의 매력이다. 평생 홀로 산에 살아도 결코 산이 싫지 않는 그대, 겨울밤에는 앙상한 뼈다귀로 서 있어라. 빈 나뭇가지가 우는 것처럼 그대 영혼을 울게 하라.

겨울밤이 달콤하다, 마치 군밤을 까먹는 것
처럼. 겨울밤은 수행자가 자신의 삶을 가장
깊게 바라볼 수 있는 좋은 도반이다. 모든
것이 알몸으로 숨 쉬는 겨울밤은 싸늘한 행
복이 함박눈처럼 쌓인다. 커피향이 코끝에
서 무진법문을 쏟아낸다.

도량석
30×36

청송 얼음골 바람이 가삿골로 내려와 무척
이나 춥다. 하늘의 별도 마치 고드름이 깨
져 흩어지는 것처럼 살을 에며 반짝인다.
멀리 못가겠다. 산짐승의 울음이 길게 치솟
다 차가운 별빛에 채여 계곡으로 처박힌다.

계곡의 물이 다 말라 지나가는 산짐승들 거칠게 부스럭댄다. 물이 많을 땐 첨벙거리던 것이. 부스럭과 첨벙이 이렇게 다른 느낌이라니. 첨벙은 그리움을 씻고 가고 부스럭은 고독을 밟고 가는 듯하다.

깊은 산 겨울밤에 생 땅콩을 까먹으면 혀보다 손가락이 먼저 고소함을 느낀다. 뿌지직~ 하는 소리와 함께 연분홍색 알맹이가 볼록 튀어 나오면 깊은 밤이 화들짝 놀란다. 오늘 밤은 초승달이다. 날씨가 추운 탓에 소나무 가지에 걸린 초승달이 마치 손톱을 깎아 던져 놓은 것처럼 날카롭게 가지를 물고 있다. 별빛이 차다. 얼어붙은 하늘이 쨍쨍~ 갈라진다.

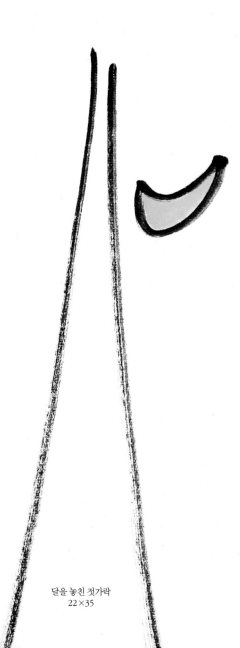

달을 놓친 젓가락
22×35

밤길 산책 나갔다 돌아오는 길 오랜만에 북두칠성이 내게 말을 걸었다. 너무나 아름답고 밝게 빛나는 일곱 개의 별을 보고 감탄하고 있는 나에게 "알려고 하면 그르친다. 무심히 보아라." 입을 막고 방으로 들어왔다.

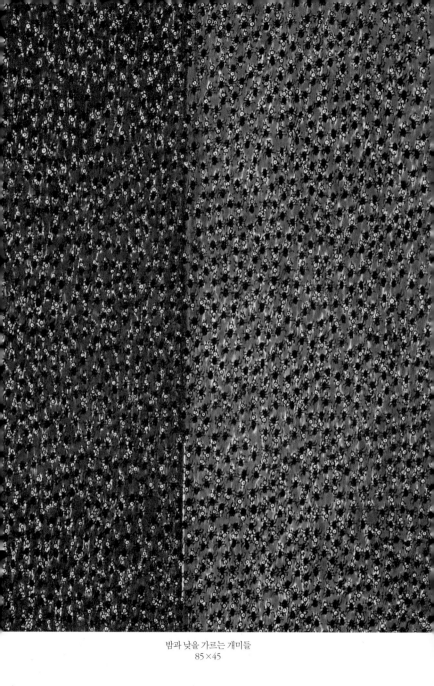

밤과 낮을 가르는 개미들
85×45

며칠 잠잠하던 골바람이 다시 불기 시작한다. 오늘
밤 골바람은 무슨 이야기를 해주려나. 달 뒷면 똥파
리 이야기는 별로 듣고 싶지 않고 행여 백두산 호랑
이가 가삿골에 나타난다, 이런 소식은 없으려나.

비가 내린다. 푸른 숲을 더 푸르게 적시며 흔들리
는 잎사귀들 세모 네모 육각 칠각 제멋대로 빗물
을 삼킨다. 아무도 반항하지 않는다. 오직 젖기만
한다.

길벗꽃은 지고 산벚꽃이 핀다. 길벗
꽃은 잘난 척하는 아이들의 아우성
같고 산벚꽃은 수줍은 아이들의 천
진한 미소 같다.

꽃구경
35×47

비가 오다 멈추고 소쩍새 울기 시작한다. 창밖 들
고양이 부스럭대다 잠든다. 아무도 오지 않지만
아무도 없는 게 아니다. 혼자 밥 먹지만 혼자 먹는
게 아니다. 봄바람이 빈 수저를 낚아챈다.

오늘 밤 야식은 자두 셋, 바나나 하나 그리고 커피 대
신 별을 마신다. 차탁 위에 비스듬히 누운 비타민C
매우 불만스러운 표정이다. 창밖 늙은 들고양이 세상
모든 것들과 이별하듯 긴 꼬리를 감춘다.

비가 오다 멈추고 젖은 바람소리가 더없이
평온하다. 슈우~ 오른쪽 귀에서 왼쪽 귀로
왼쪽 귀에서 오른쪽 귀로 알 수 없는 신비
의 세계가 생멸을 거듭한다. 베개를 목 안
쪽으로 바짝 당겨 머리를 뒤로 젖힌다.

인생사 무엇 하나 특별한 것은 아무것도 없다. 바람 불다 비가 오면 비바람이 되기도 하고 눈이 오면 눈보라가 되기도 할 뿐 일파자동 만파수라. 한 파도가 일어나면 만 파도가 따르고 한 생각이 고요하면 온 세상이 고요하다.

아버지
31×42

오늘 밤은 물소리 바람소리 풀벌레 소리도 들리지 않는다. 밥을 안치니 밥 끓는 소리가 온 세상을 차지한다. 벽에 기댄 화선지가 무심히 나를 바라다본다. 마음 한구석에 웅크리고 있는 오래된 단어 하나 아버지. 붓끝이 아련하다. 어린 시절 아버지의 목마를 타고 한없이 신비로운 세상 앞에서 깔깔 웃던 모습. 아버지의 등이 목이 다리가 어찌 되는 줄도 모르고.

편안하고 편안하다. 처마끝 눈 녹는 소리가 빛의 강도에 따라 커졌다 작아졌다 빨랐다 느려졌다 마치 내 숨결을 따르는 것처럼. 심장에 하얀 눈이 쌓인 것 같다.

겨울이 깊어 갈수록 산짐승들의 울음소리가 잦다. 먹을 게 없어서인지 외로워서인지 소리도 점점 비명에 가깝다. 울지 마라. 이 계곡에 너만 있는 게 아니다.

나에게 골짜기는 고향 같은 곳. 한평생 골짜기에 처박혀 살아도 골짜기 싫지 않는 것은 아마도 겨울바람 때문이리라. 아무도 없는 깊은 산, 골바람 소리는 세상 그 어떤 음악보다도 나를 행복하게 해준다. 겨울이다. 이번 겨울은 내 생애 가장 멋진 골바람 소리를 들을 수 있을 것 같은 예감이 든다. 골바람 소리에 리듬을 타고 다시 한 번 붓을 잡을 수 있는.

노란 눈물이 맑은 하늘을 적신다

배꼽 밑 화기는 대나무 밭을 태우고

엄지발가락에 재 떨어진다

밥

한

끼

낭

만

두

끼

운수납자 1
23×35

청명한 새소리가 높이 솟은 벚나무 가지 이파리를 흔
든다. 담벼락에 기댄 깊고 깊은 진갈색의 고양이 눈
속에 걸망을 맨 한 나그네가 힘없이 걸어간다.

점점 추워지는 겨울바람에 낚여 정처 없는 길을 떠난다. 그야말로 길 없는 길 아무런 이유 없이 찬바람에 낚인 무심의 길. 북풍이 불면 북쪽에서 남풍이 불면 남쪽에서 때론 넘어지고 자빠지기도 하리요만 얼음이 녹았다 얼었다 하는 것처럼 가도 감이 없고 와도 옴이 없는. 운동화 끈을 동여매고 물 구나무선다.

어지럼증과 목 디스크 통증은 강한 추위에는 맥을 못 추는구나. 지난 달 시베리아 여행을 할 때와 지금 강원도 눈밭을 돌아다니니 어지럼증도 통증도 언제 그랬냐는 식으로 흔적이 없다. 아하! 이제 너희들의 본성을 알았으니 얼른 내 몸을 떠나라. 그렇지 않으면 다시 시베리아로 가든지 아니면 남극이나 북극에 가서 펭귄들과 살 터이니. 3년 동안 붙어 다녔으면 떠날 때도 됐잖아, 좋은 말할 때 떠나라, 언능 떠나라.

북풍이 불어 북쪽으로 갔다 남풍이 불어 남쪽으로 간다. 정선 함백산에서 태백산을 넘어 현동 봉화 영주를 거쳐 부석사 무량수전에서 잠시 휴식을 취한다. 부석사는 깜깜한 밤인데도 훤한 대낮처럼 포근하다. 참 편안하구나. 무량수전 뒷산을 한 바퀴 돌고 일주문을 나설 때 바람의 길이 남서풍이면 아마도 무주구천동이나 서해 바다로 처박힐 것이고 남동풍이면 울산 어디쯤에 처박히리라. 하지만 짐작일 뿐, 내일 아침 이 몸뚱아리가 어디메에서 낙엽처럼 뒹굴고 있을지. 가자, 구글이 알려주겠지.

해남에서 목포 가는 산이면에는 붉은 황토밭이 작은 언덕배기에 즐비하게 늘어서 있다. 이 길을 혼자 무심히 걷다보면 지금 내가 세상에 존재한다는 것만으로도 얼마나 행복하고 가슴 설레는지 붉은 마음이 붉은 밭고랑에서 미쳐 날뛴다. 강진 가는 국도는 언제 가도 낯설다. 풍경도 낯설지만 쓸쓸함도 낯설다. 오! 낯선 쓸쓸함이여…. 남도의 땅은 운수납자의 숨은 감성을 면도날로 헤집어낸다.

매번 죽고 매번 산다. 실바람이 콧등을 간질이고 차밭 대숲
에서 어치가 난다. 곧 무너질 듯한 담벼락이 객승의 할딱이
는 숨결을 무심히 바라본다. 차밭 속의 작은 집 돌담 대문을
지나 3평 남짓한 골방에 들면 종일 혼자 있어도 심심하지 않
다. 하루에도 수천 번 옷을 갈아입는 빛과 소리, 뻐꾸기가 울
때마다 정신이 혼미하다. 또 하루가 간다. 몸의 무게만큼 긴
하루가 사막 같고 황무지 같고 아득한 바다 같다. 이 몸의 세
계가 맥주보리가 바람에 흔들린다.

바람의 소녀
22×35

비 오는 날 맨발로 들판 길을 두세 시간 걸으면 촉촉하고 부드러운 땅의 생명이 발바닥을 뚫고 오장육부를 지나 온몸의 세포를 짜릿하게 깨워놓고 잠시 정수리에서 하늘 생명과 손잡고 놀다 불현듯 도솔천궁에 이른다. 해남 북일면 두륜산 자락의 들판에는 마늘밭과 감자밭 맥주보리밭들이 아주 강한 생명력으로 앞다투어 결실의 날로 치닫고 있다. 마늘밭을 지날 땐 코끝이 짜릿하고 감자밭을 지날 땐 아랫배가 따뜻하다. 그리고 맥주보리밭을 지날 때엔 나도 모르게 온 몸이 비틀거리며 호랑나비춤을 추게 된다.

파주 통일전망대에서 목포 유달산까지 서해고속도로를 타고가다 중간 중간 포구와 항구에 들러 서해 특유의 적막한 풍경과 쓸쓸함이 빈 나뭇가지가 허공을 찌르듯이 쿡쿡 찔러대다 목포 유달산에서 삼학도를 바라보며 목포의 눈물을 한 곡 부르고 흑산도로 건너가 이미자의 흑산도 아가씨 한 곡 더 부른다. 내일은 홍도에 가서 홍도야 울지 마라를 부르면 세상 모든 것이 한 점 바람처럼 흔적 없이 사라질 것 같다.

철썩~ 흑산도의 검은 파도가 발끝에 닿는다. 홍도에서 하룻 밤 자고 목포에서 영암 도갑사 가는 길에 월출산 자락 갈대 밭을 걷다 비석도 없이 쓸쓸히 홀로 있는 무덤을 만나 차 안 에 있는 색소폰을 꺼내어 나그네 설움 한 곡 부른다. 손이 시 리다. 인간사 모든 것에 아무런 할 말이 없을 때 세상 모든 것 이 있는 그대로 보인다. 세상 모든 것이 있는 그대로 보이면 인간사 모든 것이 꿈인 줄 안다. 무덤이여, 부디 편안하소서.

산은 산이라 말하지 않고 물은 물이라 말하지 않네
산 좋고 물 좋다 하여도 자연은 인간의 그 어떤 호객
행위에도 끄떡하지 않네 물처럼 흐르면 물이요 바람
처럼 흐르면 바람이려니. 오호! 장단지에 알배기니
우담바라의 꽃 피는구나. 생명의 꽃 우담바라는 뻐근
하게 피는구나. 밤새 국토 횡단을 하다 마이산에 몸
을 눕힌다. 밤은 선하다. 날이 새는 마이산이 황소 뿔
처럼 치솟는다.

바람의 기억, 선정
51×70

무주에서 국도를 따라 장수, 장계, 진안을 거쳐 전주에서 콩나물국밥 한 그릇 먹고 남원을 지나 구례로 간다. 세상에 맛있는 음식이 많고 많다지만 새벽에 일어나 마시는 물맛 공기 맛만 한 것은 없더라. 비 온다. 오호! 이 소리의 맛은 또 어떠냐! 툭툭 떨어지는 빗소리에 한 깨달음의 맛이 달라붙으면 이보다 좋은 맛이 어디 있으랴! 이 세상 최고의 맛집은 깨어 있는 마음이어라.

살다보면 마음 아픈 일들이 참 많다.

즐겁기보다 아픈 일이.

부처가 팔만사천법문을 설한 것도

마음이 아파서 한 일이요.

예수가 거리에 나선 것도 마음이 아파서일 게다.

당신들의 삶보다

만 중생의 삶이 아파서.

아침 체조
23×36

눈부시게 아름다운 아침이다. 황금 들판에 낮게 나르는 새들의 날갯짓. 천황봉에 걸린 낮달이 청학의 날개를 휘어잡는다. 한동안 앙상한 빈 나뭇가지 끝에서 졸고 있는 참새마냥 살았다. 까딱하면 쨱~ 하고 죽을 것 같은 기분으로. 밤새 울던 귀뚜라미 소리가 아침 이슬에 묻히고 선선한 바람이 몸을 깨운다. 방바닥에 식은땀이 이제 기운을 차리라고 말한다.

장난꾸러기
23×35

익산에서 하룻밤. 오늘은 부안 변산반도를 한 바퀴 돌고 내소사에 들려 반야심경을 독송하며 옛길을 걸어보리. 일주문 가로수에게도 안부 전하고 행여 눈 밝은 납자가 있다면 바랑 속에 있는 그림을 꺼내 놓고 무애 춤을 춰야지. 변산 격포에 있는 적벽강을 맨발로 오랜 시간 걸었다. 인간의 삶이 하루 밥 한 끼 낭만 두 끼로 살 순 없을까.

격포항에서 위도 가는 배를 탔다. 흩어진 섬, 갈매기들이 물고 간다. 아득하여라. 한세상 사는 것 배를 타고 보니 모두가 섬이구나. 위도에 핀 해당화는 나도 모르게 이미자의 섬마을 선생을 부르게 한다. 섬마을 사람들의 얼굴에는 해풍에 씻긴 삶의 애환이 나무껍질처럼 붙어 있다. 격포 가는 마지막 배가 붉은 노을빛 속에서 뱃고동 친다. 뱃고동 소리는 갈매기들의 목을 길게 빼놓고 붉은 노을이 섬들을 껴안으며 세상 모든 것들과 이별을 고한다. 작은 섬의 집들은 모두 기다림에 지쳤거나 이별의 슬픔을 안고 있는 듯하다. 포구에서 노는 갈매기들은 뱃고동 소리를 잘 안다. 뱃고동이 울기전에 큰 날갯짓을 한다. 포구에서 나는 갈매기들은 이별이 뭔지를 안다. 갈매기가 우는 것은 그냥 우는 것이 아니다.

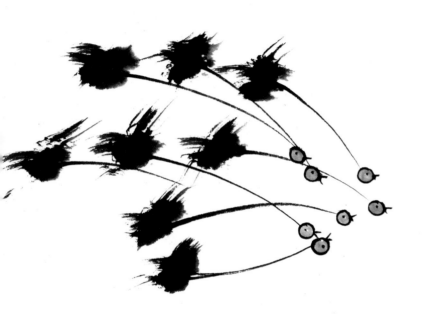

목 빠진 갈매기들
35×24

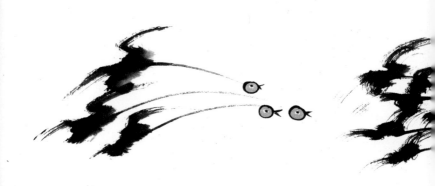

목 빠진 갈매기들 1, 2, 3
32×24

섬은 섬이 아니다.

육지의 발가락 혹은 복숭아뼈다.

이번 여행은 복숭아뼈에

오래 머물렀다.

키 큰 코스모스가

가을 하늘을 뒤집는다.

아얏!

섬은 섬으로 이어져 있다. 아주 멀고 작은 섬들도 그 뿌리는 육지다. 바다는 하늘과 맞닿아 있다. 모든 것은 이름만 다를 뿐 하나의 큰 생명이다. 산과 강, 바다와 하늘이 모두 하나로 출렁인다. 바다에서는 인간의 언어가 부서지는 파도와 같아 어떤 말도 필요 없다. 변산반도에서 나와 지리산으로 간다. 오라는 사람은 아무도 없다. 바람이 불어라 해서 불지 않듯이 김제에서 울던 개구리 소리가 자동차 뒷바퀴에 따라붙는다.

맑고 고요한 지리산 아침 새소리의 안
내를 받으며 벽소령을 오른다. 안녕,
의신계곡 참 오랜만이구나. 내려올 때
다시 보자. 벽소령을 오르다가 철철
넘치는 계곡물에 발가벗고 목욕하니
어지럽게 울어대던 새소리도 덩달아
발가벗는다. 햐! 소리가 벗으니 빛이
되는구나. 산다는 건 얼마나 아름다운
일인가, 축복받은 일인가. 자신을 깨
우면 온 세상이 신비로 가득하다. 의
신계곡의 물소리가 우주의 심장을 흔
들어 놓는다. 별이 차다. 이 말이 이렇
게 아름다운 말인 줄은 미처 몰랐다.

지리산 노고단에 이르러 잠을 청하니 별빛이 가만있지 않는다. 숲 이파리를 흔들며 반가운 기색으로 소곤대고 산 아래 불빛, 다른 세상인 듯 반짝인다. 밤이 있을 리 있나 낮이 있을 리 있나 나그네에겐 오직 지금이 있을 뿐이다. 노고단에서 새벽잠을 자고 피아골에서 발을 씻는다. 지리산에 왔으니 천왕봉에 올라 해를 보고 반야봉에 올라 달을 봐야지 한신계곡에서 얼굴을 씻고 칠선계곡의 일곱 선녀도 만나봐야지. 행여 비가 오면 빗줄기를 타고 하늘에 올라 무지갯빛으로 잠시 있다 새똥처럼 아무데나 떨어져야지. 그런들 어떠랴! 굽어지고 휘어지고 꺾이고 잘린다. 지리산과 백운산을 품고 흐르는 섬진강은 세상 온갖 이야기를 굽이굽이 흘리다가 광양 앞바다에서 잘린다. 굽어지고 휘어지고 꺾이다가 섬진강에 서면 도솔천 내원궁이 부럽지 않다.

지리산 한신계곡에 발을 담그고 옛
가락에 귀 기울인다. 뿌리 없는 고
목나무 조주의 미소를 닮았구나.
어제는 육안의 길을 걸었고 오늘은
심안의 길을 걷는다. 내일은 혜안
과 불안의 길을 걷다 나고 죽음이
없는 곳에 조용히 바랑을 내려놓으
리. 하! 억겁 세월이 산을 오르네.

나그네
43×47

밤이 흔들린다. 숨 막히게 적막한 밤 그토록 깊은 밤이 작은 새들의 날갯짓에도 마구 흔들린다. 하늘이 곱다. 높이 솟은 버드나무 가지에 새집 하나 있다. 섬진강 매화 향기에 하늘이 비틀거리니 백운산, 지리산은 코빼기도 안 보인다. 섬진강은 그냥 바라보아야 한다. 말을 하면 강이 사라지고 의미를 부여하면 귀싸대기를 맞는다.

섬진강에서 뱀 혓바닥 같은 봄을 보고 순천 와온 바닷가에
서 꼬막라면을 먹는다. 오다가다 만난 사람들 밥풀떼기 두
더지 나무 굼벵이 제멋대로 살다 제멋대로 붙인 이름. 계산
은 땅속을 기어 다니는 두더지가 쥐도 새도 모르게 먼저 하
고 달아났다. 잘 가시게! 두더지.

제주 한림 초록마을의 아침은 늘 뻐꾸기가 잠을 깨우고 그 다음 까치가 인사를 건넨다. 제비들이 어지럽게 날면서 덜 뜬 눈을 뜨게 하고 작은 무덤가에 피어 있는 들꽃들이 고요한 마음으로 바다를 보라 한다. 들꽃 사이로 비치는 푸른 실 핏줄 같은 바다.

무심
30×36

나그네는 극도로 지쳐야 제 성품을 발휘한다. 지친 나그네의 눈빛은 혼란한 세상을 아름답게 꾸미는 마력을 지니고 있다. 이 눈빛에 걸린 세상은 무엇이든 화엄이다. 나그네의 여행은 시위도 과녁도 없다. 다만 나르는 순간이 있을 뿐이다. 때론 세상이 없는 듯이 살아보라. 깊고 깊은 존재의 바다에 홀로 떠 있는 돛단배처럼 눈으로 더 이상 볼 게 없고 귀로 더 이상 들을 게 없으면 고요한 화엄세계가 꽃을 피운다. 오! 소멸하는 아름다움이여…, 내가 없으면 모든 것이 온전하다.

나그네의 본성은 세상을 통째로 접거나 펴는 것 세상을 하나의 작은 인형처럼 생각하고 보고 싶으면 살짝 꺼내 보고 그렇지 않으면 내팽개쳐버린다. 나그네의 본성은 죽음조차 희롱한다. 인생은 제멋대로 살다 제멋대로 가는 것 멋대로 하지 못할 세상 무엇 하러 왔나. 서해 바다에서 물구나무를 선다.

무덤이 있는 감나무 밭에서 까치 울음소리
에 귀 기울이며 그동안 쌓인 여행의 피로를
푼다. 서너 개의 낙엽으로 항문을 정리하고
가뿐한 몸으로 새날을 맞는다. 생야일편부
운기 사야일편부운멸 무심히 흐르는 뜬 구
름이 시야를 벗어난다.

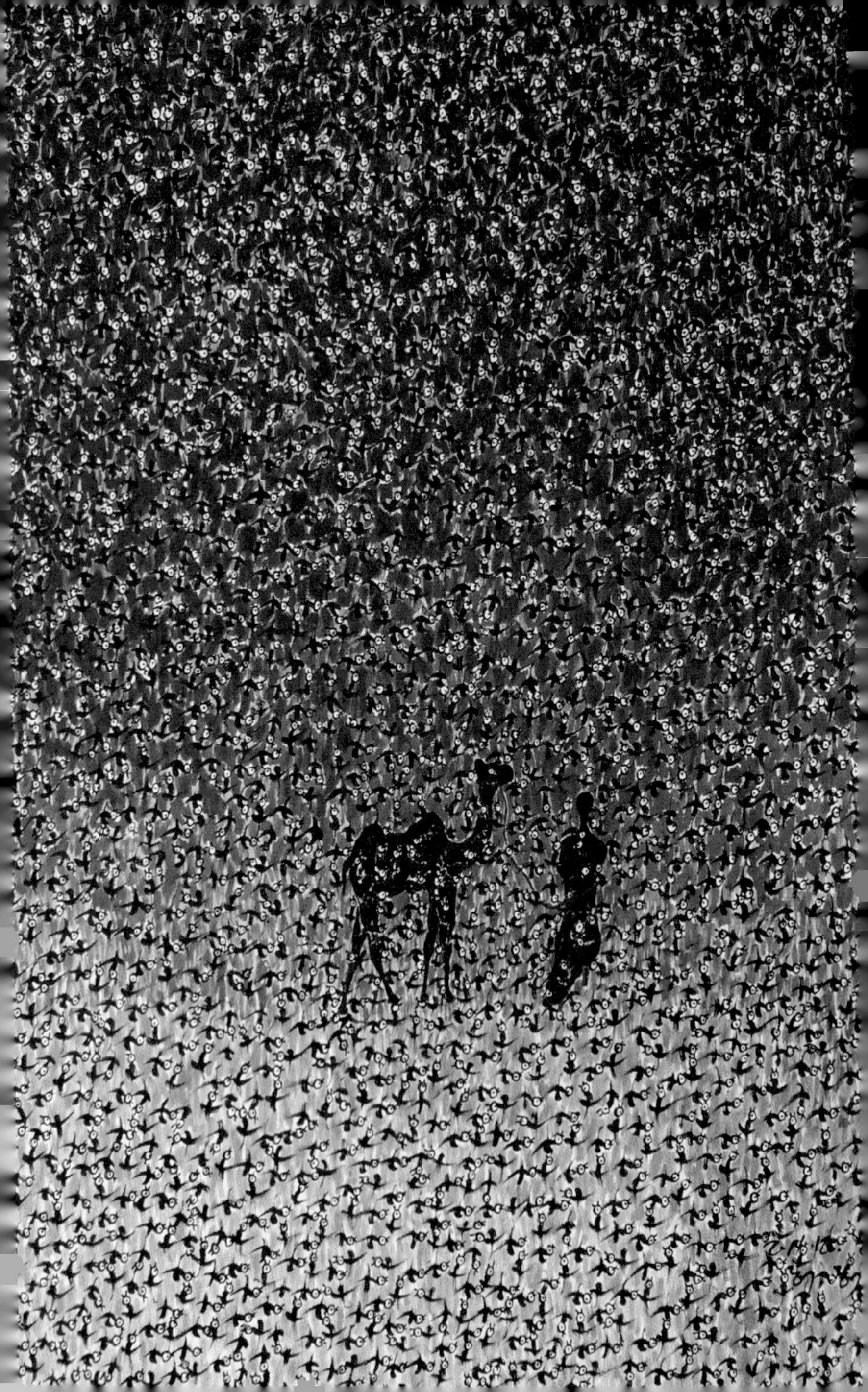

비에 젖은 잔나뭇가지들이 세상을 온통 바람 부는 사막의 쓸쓸한 풍경으로 만들어 간다. 가지들이 흔들릴 때마다 모래바람이 흩어지는 것처럼. 인도의 뒷골목이 가지에 걸린다. 비마가 생각나고 라즈가 생각난다. 인도 브라마 사막을 함께 걸었던 비마, 아직 살아있을까. 점점 아물어 가는 배꼽 아래 쑥뜸자리를 지켜보면서 다시 인도 여행을 꿈꾼다. 내 마음에 문신처럼 남아 있는 두 얼굴. 툭툭~ 떨어지는 빗방울 속에 아른거린다.

낙타를 모는 성자, 인도 브라마 사막에서
51×70

마른 나뭇가지에 구름 한 조각

오늘 내가 본 최고의 풍경

가지 끝에 내가 있고

구름은 사라졌다

산다는 게 참 시시콜콜하다

놀새
35×17

혼자 살지만 기쁜 일도 많고 슬픈 일도 많다. 오늘은 슬픈 일보다 기쁜 일이 많았다. 며칠 전 다리를 절뚝거리던 들고양이가 반듯이 걷는 것을 보았고, 처마 밑에서 죽은 듯이 졸고 있던 참새 한 마리가 창공을 힘차게 날아오르는 것을 보았다.

몸의 길과 마음의 길. 마음 길은 찾는 것이고 몸의 길은 세우
는 것이구나. 내 일찍이 마음 길은 분명하게 찾아 흔들림 없
이 가고 있는데 한번 잃어버린 몸의 길을 세우는 것은 마음
길을 찾는 것보다 훨씬 더 힘들구나. 몸의 길이여! 부디 일어
나 아름다운 세상을 보라.

뻐꾸기 소리를 듣다 참새 소리가 날아들어 그리움이
애틋함으로 바뀌었다. 문밖 찔레꽃 향기가 다시 제
자리를 찾아준다. 상쾌한 아침이다. 오늘은 상추쌈과
풋고추를 된장에 찍어 아침을 먹어야지 새소리 물소
리도 돌돌 말아.

어지럼증
23×37

같은 집에 사는 도둑, 한 놈 잡으면 두 놈 잡기 쉽다. 이제 귀에서 나는 풀벌레 소리 이명을 잡았으니 목 디스크와 어지럼증을 잡으러 가자. 빛이 흔들린다. 대나무 숲 사이로 스미는 빛은 내 안의 모든 것을 흔들어버린다. 언덕 위 밤나무 가지 끝에 마지막 잎새가 떨어진다.

칼바람
22×35

아무런 이유 없이 인생이 서글프고 눈물 날 땐 된장찌개를
먹어라. 보글보글 끓는 국물에 떨어진 눈물 한 방울, 그 맛을
알면 인생을 안다. 삶이란 때론 바늘로 콕콕 찔러도 아프지
않을 때가 있고 바람 한 점 스쳐도 아플 때가 있다. 아프다는
건 살아 있다는 것, 참으로 살아 있는 사람은 바람 한 점에도
아픔이 있다는 것을 안다.

반바지 차림에 윗옷을 벗어 던지고 맨발로 풍욕을 즐기며 숲길을 걷는다. 한 손엔 낫을 들고 한 손엔 톱을 들고 아프리카 원주민의 야성을 드러내며 두 눈을 두리번거린다. 이 골짝 저 골짝 마른 등짝에 흐르는 땀방울이 나뭇잎 사이로 떨어진 빛을 타고 하늘 꼭대기에 올라 신의 음성으로 골짜기를 울린다. "나무를 해라. 그런 모습으로 날마다 나무를 하면 네 몸이 낫느니라." 이마에 부딪힌 소나무순이 고개를 끄덕인다.

바람의 기억, 나무꾼
31×70

비 올 것 같은 날씨의 바람은 인간의
삶을 아주 측은하고 쓸쓸하게 만든
다. 죽장 버스정류장에서 칼국수 한
그릇 먹고 거꾸리에 매달려 몽롱한
세상을 바라본다.

주산지 갔다 오는 길에 부남 삼거리에서 바밤바, 비비빅, 아
맛나 세 개를 사서 연신 쭉쭉 빨며 자동차 불빛에 흔들리는
산과 들을 바라보니 세상사 모든 것이 아이스크림 녹듯이
녹아내린다. 오늘 밤엔 이 녹아내린 세상을 꼭 부둥켜안고
자야지.

무엇이 심오할까? 달마가 동쪽으로 간 까닭과 허허당이 감나무 밭에 간 까닭 중에 달마가 동쪽으로 간 까닭은 알거나 모르거나 많이들 들어봐서 짐작이라도 하지만 허허당이 감나무 밭에 간 까닭은 금시초문이라 당연히 후자가 심오하다 하겠다. 허허당이 감나무 밭에 간 까닭은 똥 누러 간 것이다. 진리는 단순하다. 심오할수록 단순하다.

잔치국수를 혼자 먹는 남자와 수제비를 혼자 먹는 남자가 잠시 눈길이 마주쳤다. 한 남자의 얼굴에는 식은땀이 흘러내렸고 한 남자의 얼굴에는 알 수 없는 회한이 서려 있었다. 둘은 서로의 얼굴을 먼 산 쳐다보듯이 하다 다시 먹기 시작한다. 길가의 코스모스가 바람에 흔들리자 두 사람 다 어디론가 사라졌다. 또 하루가 간다.

디스크
23×35

봉강재 소나무 그늘 아래에서 낮잠을 자다 뻐꾸기 소리에 눈을 뜨니 황금빛으로 물든 햇살이 그만 집으로 가라고 토닥인다. 잠들기 전 하나둘 셈하던 솔방울도 어서 일어나라고 말한다. 왼쪽 어깨의 통증이 오른쪽 어깨로 이동하며 그게 맞다며 타이른다.

얼음 조각처럼 흩어진 구름 속의 달이 미끄러져 다친 듯이 3분의 1이 떨어져 나간 채 해쓱하게 떠 있다. 누가 저 달을 함께 본다면 아무 말 없이 부둥켜안고 한바탕 엉엉 울어버릴 것 같다. 세상에는 공감은 하되 공유할 수 없는 것들이 있다. 그중 가장 오리지널한 것이 통증이다. 어찌 보면 이것만큼 자신의 삶을 통렬히 바라보게 하는 것도 없을 것이다.

한 번 깨진 그릇,

땜질을 한들 온전하겠느냐마는

천 번 깨지면 거미줄 같은 균열이 생겨

아름답기도 하다.

두려워 마라.

삶의 질그릇은

골고루 깨져야 빛난다.

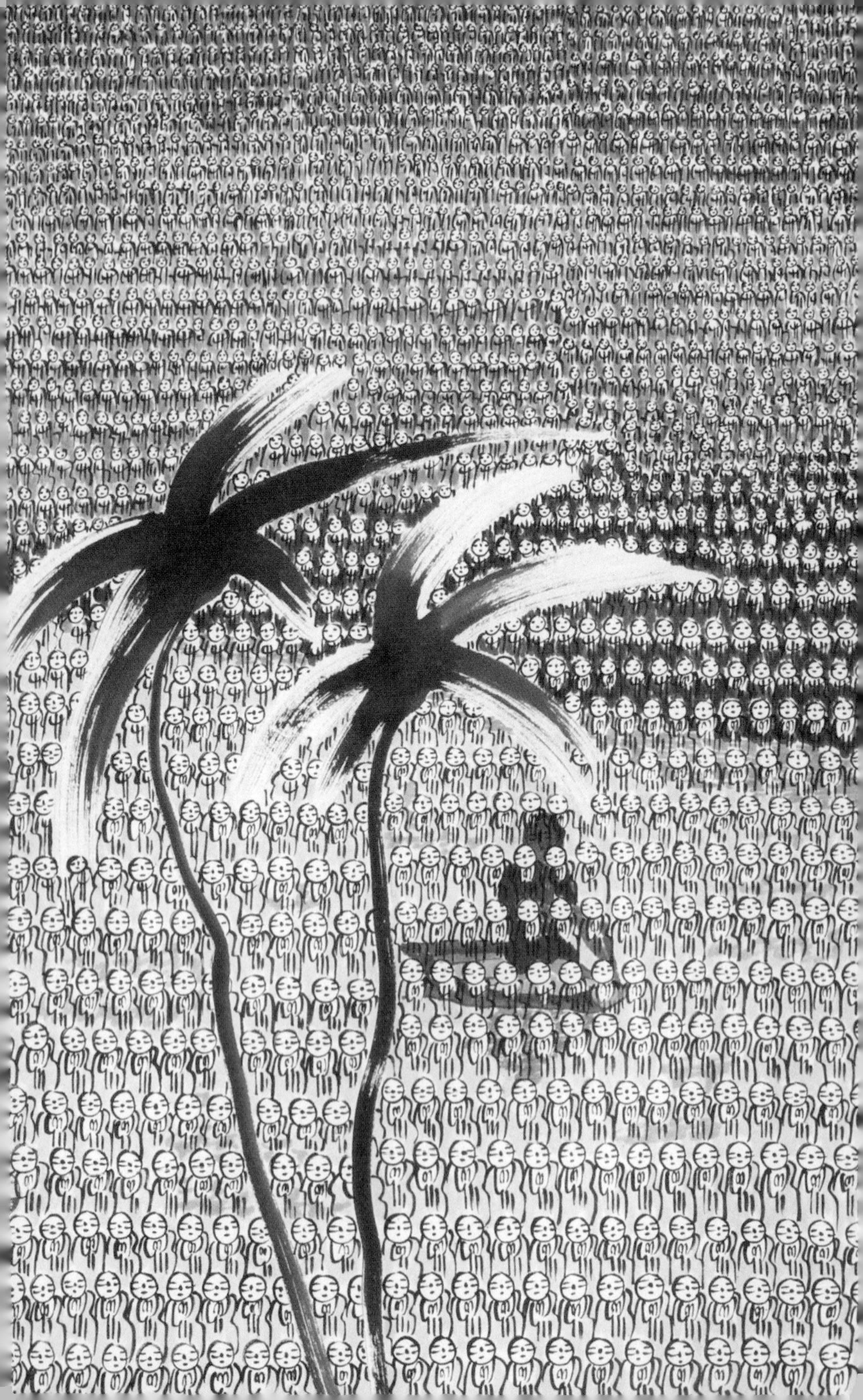

오후의 햇살이 포근하다. 바나나 하나 단팥빵 하나로 점심을 먹고 이불을 털고 빨래를 한다. 산 넘어 비행기 지나가는 소리가 아마존 아이들의 웃음소리로 바뀐다. 쪽배를 타고 아마존강을 건너다 나를 보고 이 소령 흉내를 내며 굿바이 하던 13세 소녀, 그 녀석이 무척 그리운 날이다.

아마존강의 소녀
54×70

사람들은 흔히 고상한 척 강태공의 세월을 낚는다는 말을 자주 쓴다. 하지만 우리 모두는 이미 세월에 낚였다. 산길을 걷다 들길을 걷다 더 나아갈 곳도 돌아설 곳도 없는 곳에서 붉은 동백꽃이 어지럽게 떨어진다.

요즘 나는 그린란드 디스코섬 케케르타르수악 얼음굴에서 어린 백곰 한 마리와 함께 사는 기분으로 산다. 아침엔 백곰이 먹을 것을 물어오고 저녁은 내가 백곰의 먹거리를 장만한다. 저녁을 먹은 후에는 곰과 함께 3시간 정도 참선하고 새벽녘에는 차가운 별빛 세계를 여행한다. 간혹 곰이 내게 말을 걸기도 하는데 그 내용은 인간의 그 어떤 깨달음의 세계보다 깊고 오묘하다. 이번 겨울은 백곰과 함께 내 인생에 가장 큰 축복의 날을 맞는다.

슬슬 부는 비바람을 맞으며
홀로 걷는 밤길 산책은
세상에 오직 나뿐인 듯하다.
저 아래 보이는
가로등 불빛은
외계인이 마중 나온 것 같고
이마에 떨어지는
빗물은 신의 눈물인 듯하다.

바람의 기억, 외계인
51×70

청학동 계곡 대나무 숲에 앉아 저물어 가는 하늘을 본다. 흰 구름 한 점 벌겋게 물들다 사라지고 어둠의 손이 머리를 쓰다듬으며 속삭인다. "이보게 단전에 힘을 빼시게나. 똥은 제 발로 걸어 나가는 게 가장 좋다네." 똥 누는 즐거움을 알면 밤과 낮이 말을 건다.

몸이 아플 땐 어중간하게 아픈 것보다 아주 사경을 헤맬 정도로 아픈 것이 좋구나. 사흘 동안 아무것도 먹지 못하고 밤낮으로 식은땀을 흘리며 오지게 아팠더니 이승과 저승이 다르지 않고 삶과 죽음이 하나인 것을 분명히 알겠더라. 아직 한 번도 경험하지 못한 너무나 고요한 깊은 평화를 만났다.

노란 우산
34×47

걷고 또 걷는다. 배꼽 아래 쑥뜸자리도 새살이 돋고 찬바람이 귓불을 스치며 새로운 세상 새로운 정신을 돋게 한다. 황량한 들판을 걷고 또 걸으니 이래저래 어지럼증도 재미를 잃고 슬금슬금 자취를 감춘다. 밤바람이 고요하다. 내일은 개나리꽃이 필 것 같다. 개나리꽃이 피면 노란 티와 노란 신발을 신고 아랫마을 슈퍼에 가서 노란 새우깡을 사먹어야지.

아침 일찍 3시간 동안 쑥뜸을 뜨고 잠시 계곡에 나갔다. 졸졸 흐르는 물살 위에 빛살이 춤추며 쑥뜸에서 느낀 통증과 쓰라림이 선명하게 드러난다. 때론 물살 속으로 때론 빛살 속으로 숨었다 나타났다 홀연히 사라진다. 마치 영롱한 형체를 보듯이 통증이 보인다.

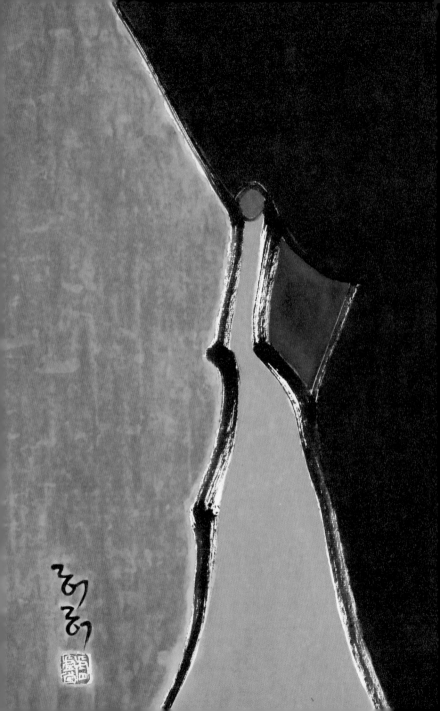

산다는 게 참 시시콜콜하다. 시시콜콜 그 안에 부처의 맛도 있고 중생의 맛도 있는 게지 인생이란 결국 이 맛을 알고 이 맛을 버리는 것 시시콜콜 이 맛을 제대로 알면 부처와 중생이 한 맛임을 안다. 사과꽃이 피려 하니 농부의 어깨가 들썩인다.

骨바람
25×35

어떤 사람이 말했다. "나는 평생 농사를 짓고 살았지만 사람이 죽으면 그 사람이 천당 갔는지 지옥 갔는지 바로 알겠습디다. 사람이 죽고 난 다음에 동네 사람들이 아따 그놈 잘 죽었다 하면 바로 지옥 간 것이고 참 그 사람 아깝다 하면 바로 천당 간 것입니다. 내 말이 맞지예?" 맞다고 했다.

종일 삶은 고구마 두 개 먹고 가만히 생각해보니 명색이 설날인데 떡국 한 그릇 안 먹는다는 것은 몸의 배반이라는 생각이 들어 밤늦게 떡국 파는 집을 찾아갔더니 떡국은 다 나가고 잔치국수만 된다고 했다. 어찌 알았을까, 이 몸이 잔치국수만 보면 환장한다는 것을.

결심
31×41

새롭고 새롭다. 빈 마음의 세계에는 무엇이든 새롭다. 들꽃이 바람에 흔들리는 것처럼 오늘도 눈부시게 아름다운 날 절정의 꽃을 피우길 바란다. 생의 절정 찔레꽃 가지가 힘차게 뻗는다. 언덕 위에 핀 꽃은 바람을 두려워하지 않는다. 사막에서 부는 바람은 쓸쓸함을 모른다.

끝은 언제나 매혹적이다. 사랑 미움 이별의 끝, 슬픔 기쁨 고독의 끝, 끝은 깨달음의 문을 여는 첫 열쇠다. 공중을 나는 새가 가볍게 빈 나뭇가지에 앉듯이 그대 머문 자리도 가볍게 홀로 가라. 홀로 가면 멀고 가까움이 없고 하늘과 땅이 발 끝에 있다. 홀로 걸어라. 홀로 걸으면 천당과 지옥이 발에 밟히고 이승과 저승이 발에 차인다.

만행
19×35

화성에 핀 꽃
22×35

바다를 한입에 삼키는 것, 그리 어려운 일 아니다. 고
요한 마음이 입술에 닿기만 하면 된다. 바람에 흔들
리는 들꽃잎이 온 세상을 삼켰다 토해 놓는다.

내 너를 부르는 것은 단지 네 이름을
부르는 것이 아니다. 세상 전부를 부
르는 것이다. 내 너를 사랑하는 것은
다만 너를 사랑하는 것이 아니라 세
상 전부를 사랑하는 것이다. 내 너를
부르고 사랑하는 것은 우주와 하나
되는 것이다.

달 구경하는 사람
51×70

편백나무 숲에서
가을을 보낸다.
바람 불고
새 울 때마다
쭉쭉 찢어진다.
가지 끝에 매달린
하늘.

아기새 엄마새
29×35

반가사유상
24×35

사람들은 철학이나 종교는 괜히 심오하거나 심오해야 된다고 생각한다. 때문에 평생 철학을 하고 종교를 믿어도 시원하지가 않다. 진리는 단순하다. 있는 그대로다. 무슨 일이든 노는 마음으로 하면 일 자체가 즐겁다. 도대체 세상 그 무엇이 놀지 않고 즐거울 수 있으랴! 철학도 종교도 즐거워야 한다.

눈 뜨면 생애 최고의 날

가만있어라, 꽃잎이 떨어진다

움직이지 마라, 하늘이

무너진다

그리고

그린다,

소멸하는

아름다움

초인
23×35

화선지를 펴고 붓을 잡았다 붓을 놓는다. 얼마나
긴 시간 이러고 있을지 가슴에 새겨진 적멸의 아
름다움 시작과 끝을 가늠할 수가 없다. 붓끝에 눈
물의 빙하가 녹을 때쯤이면……. 창문을 열고 먼
산을 바라본다.

붓을 들었다 놓았다 3일째 밤. 아마존 숲속 선한 아이들의 표정을 담은 그 림 한 점 펼쳐본다. 세상아 편안해라.

아이폰 소녀, 아마존강에서
50×69

작년에는 새 그림을 그렸고, 올해는 개미 그림을 그린다. 작은 것들은 선하다. 작년에는 새들과 함께 부처의 일대장광설 만큼이나 많은 이야기를 나누었고 올해는 개미들과 함께 고요한 화엄세계를 여행 중이다. 어제는 무지갯빛을 띠워 개미들을 놀게 했고 오늘은 노을빛 속을 함께 걷는다. 생각해보니 새와 개미는 내 인생에 참으로 많은 위로와 영감을 준 다정한 벗이었다. 내가 힘들고 어려울 때 새와 개미는 항상 내 곁에 있었다. 때와 장소를 가리지 않고. 나는 사람으로 살았지만 사람보다 이들에게 진 빚이 훨씬 더 많은 것 같다. 은혜는 갚아야 한다.

달빛 속에 노는 개미들
35×45

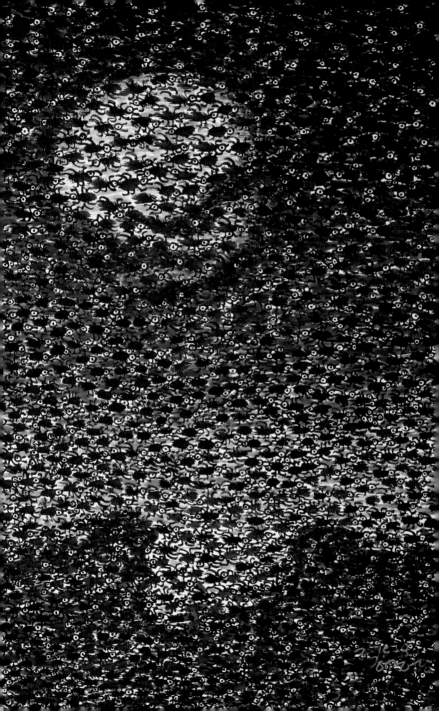

오늘 밤
하늘은 새밭이다.
별들이 모두
새가 되었다.

바다 건너 노을인 줄 알았더니 사막이요, 사막 넘어 하늘인 줄 알았더니 바다였구나. 오호, 초승달인 줄 알았더니 무지 갯빛이로다. 생명! 모든 생명은 하나인데 인연 따라 변하고 또 변하는구나.

사막의 섬
185×97

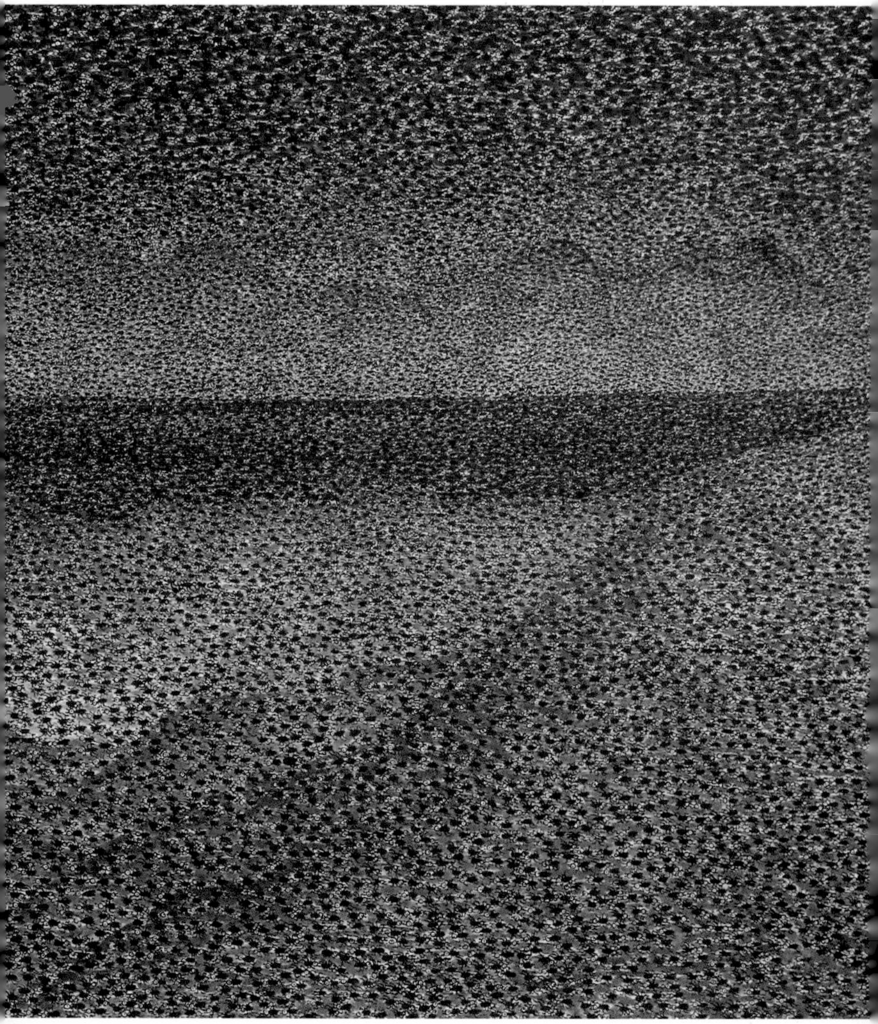

무지개 호랑나비
185×97

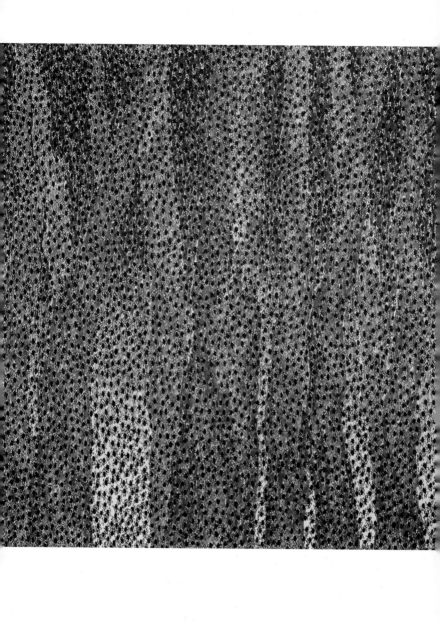

개미들아! 너희들이 가는 곳엔 항상 무지개가 뜨는구나. 바다에선 돛단배가 되고 숲에서는 호랑나비가 되는구나. 무슨 일로 호랑나비 무지개는 가장 못나고 비틀린 소나무에 입맞춤하는가. 빛이 단풍을 물들이는 줄 알았는데 단풍이 빛을 물들이는구나. 고요한 오후 산 넘어 뻐꾸기 소리가 아무 생각 없이 아련하다.

인생을 성공과 실패로 나누는

사람은 삶을

태산 밀고 가듯이 하고

놀이로 삼는 사람은

쪽배를 타고

강을 건너듯이 한다.

태고의 신비
185×92

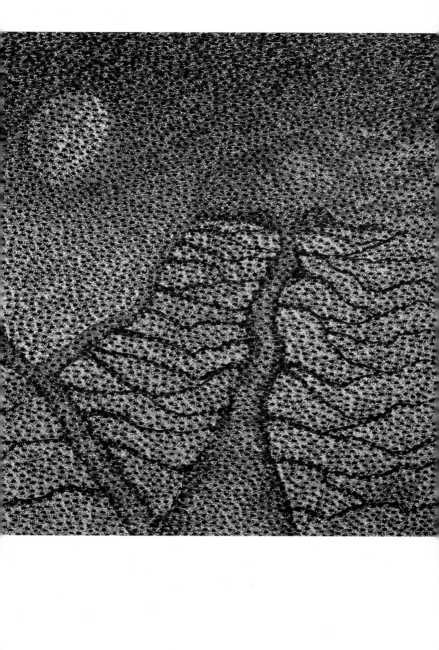

무지개빛 돛단배
185×97

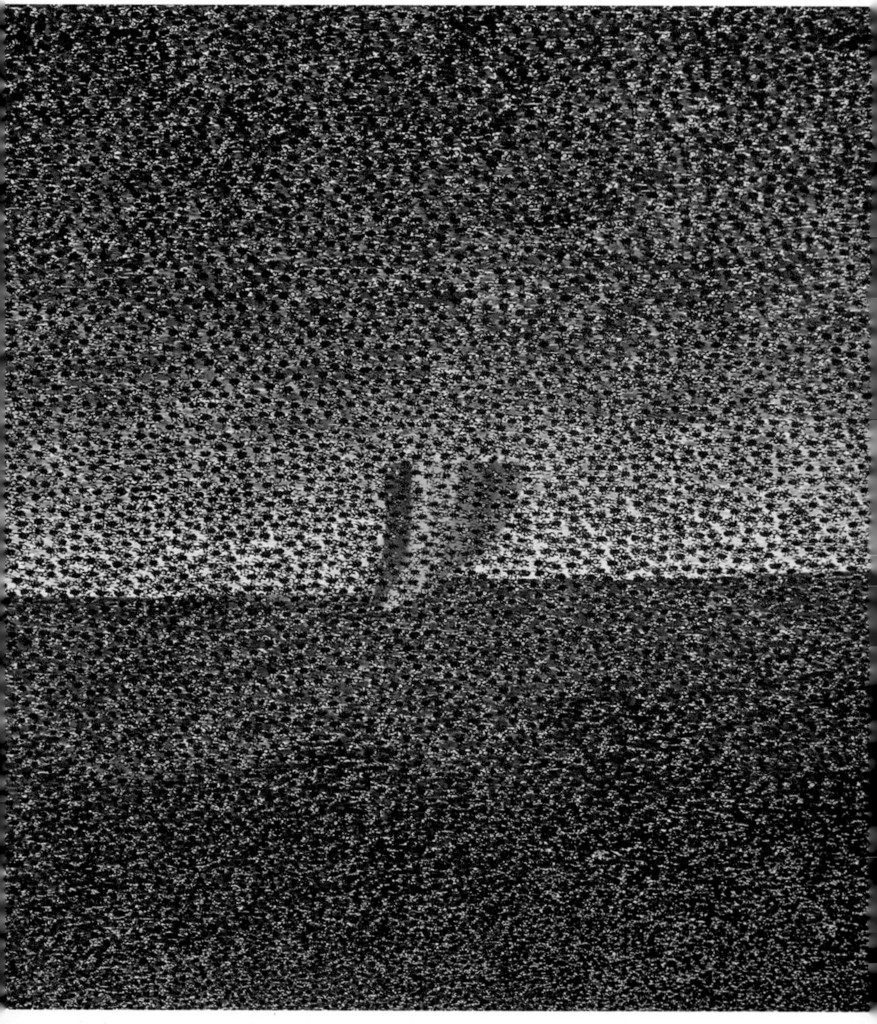

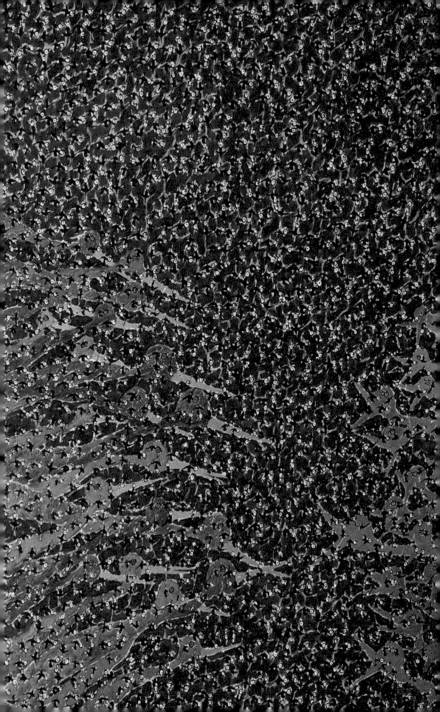

머리 위엔 하늘 가르는 별빛 소리 발 아랜 땅을 가
르는 개구리 소리 허리와 겨드랑이에는 몸을 가르
는 밤바람 소리 가슴엔 아무것도 가를 수 없는 얼
굴 없는 아이들의 비명소리. 세월이 깊다, 세월호!

팽목항
51×70

새가 울어도 산은 흔들리지 않고 강물이 넘쳐도 바다
는 넘치지 않는다. 얼얼하다. 손도 발도 눈도 창문을
여니 단풍들의 비명이 고막을 부순다. 가을비 내린
다. 가을비는 어디에 있어도 맞는다. 우산을 써도 맞
고 창고에 숨어도 맞는다. 가을비는 밖은 살짝 적시
고 안을 송두리째 적신다.

가을비에 젖은 새
23×35

그림은 자신의 존재를 있는 그대로 투명하게 바라보며 솔직하게 반응하는 것. 아프면 아픔을 그리고 슬프면 슬픔을 그리고 기쁨이 오면 기쁨을 그리고 깨달음이 오면 깨달음을 그리는 것. 외롭거나 고독할 때도. 오늘의 그림은 아야, 아야, 아야!

치통
35×43

개미를 다 그리고 개미 다리 사이로 채색할 때에는 붓을 화
선지에 닿을 듯 말듯 가볍게 지나가야 한다. 마치 나비가 풀
밭에 앉을 듯 말듯 하듯이. 이때 붓과 화선지가 살살 부딪히
며 사삭삭~ 하는 소리를 내는데 이럴 땐 진짜 개미가 사삭
지나가는 것 같다. 그런가 하면 때론 내가 나비가 되어 폴폴
나는 것 같기도 하다. 노랑 물감을 칠할 땐 노랑나비가 되어.

깨어 있는 삶은 오늘을 사는
것이다. 무엇이 되기 위해 오
늘을 사는 것은 오늘이 아니
다. 오늘은 오늘을 사는 사람
만이 오늘이다. 깨어 있는 사
람은 늘 오늘을 산다.

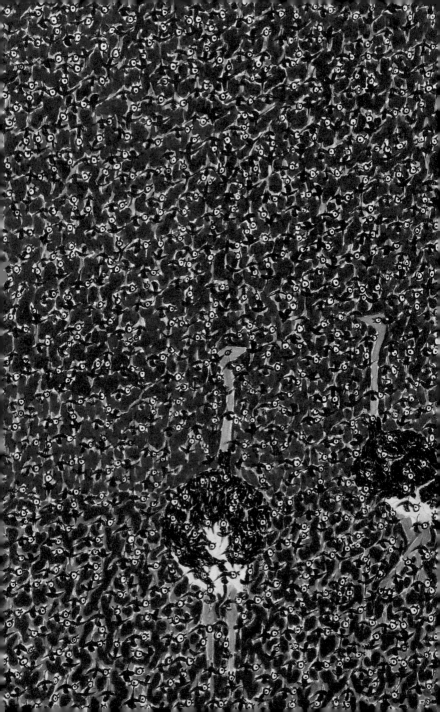

'해후'라는 작품 아래 양말 두 짝 흩어져 있고 여치
한 마리 죽은 듯이 앉아 있다. 모로 누운 채 어렴풋
이 눈을 뜨고 그림 속 타조의 왼발을 바라본다.

바람의 기억, 해후
70×52

성모
23×35

한번 친 파도가 흔적 없이 사라지는 것은 또 다른 파도로 일어나기 위함이다. 소멸하는 것을 두려워하지 마라. 또 다른 생명을 잉태하기 위함이다.

긴 머리 소녀를 그리고 난 후 더 이상 붓을 갖고 놀 수가 없다. 모든 것의 끝에 서버린 듯한 기분. 가끔 이런 기분이 들 때가 있다. 이럴 땐 붓을 놓고 한 며칠 쉬어야 한다. 긴 머리 소녀가 걸어서 내게 온다.

종일 파도소리 듣는다. 바다는 시작과 끝이 다르지
않고 삶과 죽음이 다르지 않다는 것을 내게 말해준
최초의 스승이다. 아프리카 최남단 케이프포인트 희
망봉의 파도가 동해에서 출렁인다.

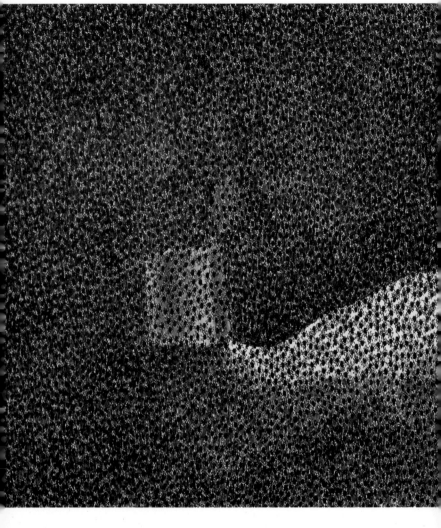

희망, 남아프리카공화국 케이프포인트 희망봉에서
70×52

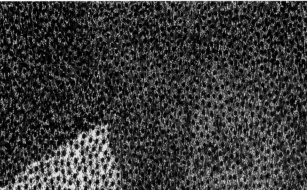

허허당虛虛堂은 출가 수행자이자 선화가禪 畵家다. 1974년 해인사로 출가해 해은 스님을 은사로 향훈이라는 법명을 얻었다. 당대의 선승 향곡 선사 문 하에서 선 수행을 쌓았고, '비고 빈 집'이란 뜻의 '허허 당'으로 스스로 이름을 바꿨다. 1978년부터 붓을 잡기 시작해 1983년 지리산 벽송사 방장선원에서 본격적으 로 선화 작업에 몰두하기 시작했다. 현재 포항 비학산 자락에서 작업하고 있다. 지은 책으로《당신이 좋아요 있는 그대로》,《그대 속눈썹에 걸린 세상》,《바람에게 길을 물으니 네 멋대로 가라 한다》,《머물지 마라 그 아 픈 상처에》,《왼발은 뜨고 오른발은 닿네》,《낙타를 모 는 성자》등이 있다.

표지 그림 | 치통, 35×47